ISLE ROYALE

ACADIA

CUYAHOGA
VALLEY

SHENANDOAH

MAMMOTH CAVE

GRANDES MONTAÑAS
HUMEANTES

HOT SPRINGS

CONGAREE

¿CUÁNTOS
PARQUES
HAS VISITADO?

BISCAYNE

VIRGIN
ISLANDS

EVERGLADES

DRY TORTUGAS

¿Las Princesas y los Superhéroes van de excursión?

AVENTURA EN EL PARQUE NACIONAL

Textos: **Carmela LaVigna Coyle**   *Ilustraciones*: **Mike Gordon**

Picarona

Puedes consultar nuestro catálogo en www.picarona.net

¿Las princesas y los superhéroes van de excursión?
Texto: *Carmela LaVigna Coyle*
Ilustraciones: *Mike Gordon*

1.ª edición: mayo de 2018

Título original: *Do Princesses and Super Heroes Hit the Trails?*

Traducción: *Raquel Mosquera*
Maquetación: *Isabel Estrada*
Corrección: *Sara Moreno*

Edita: Picarona, sello infantil de Ediciones Obelisco, S. L.
Collita, 23-25. Pol. Ind. Molí de la Bastida
08191 Rubí - Barcelona - España
Tel. 93 309 85 25 - Fax 93 309 85 23
E-mail: picarona@picarona.net

ISBN: 978-84-9145-158-7
Depósito Legal: B-7.392-2018

Printed in Spain

Impreso en SAGRAFIC
Passatge Carsí, 6
08025 - Barcelona

Para Andrea (la nueva chica de mi vida)
y su entusiasmo por salir de excursión.
– Clvc

Para mis dos princesas, Hannah y Melissa,
que siempre me recuerdan lo divertida que puede ser la vida.
– M. G.

¿Qué podemos hacer para pasar un día *súper* divertido?

En los parques nacionales nunca nadie se ha aburrido.

¿Los superhéroes montan en mula para llegar al cañón?

Si E$\mathcal{STA}$ *princesa va contigo, cabalgar será más divertido.*

GRAN CAÑÓN
★ PARQUE NACIONAL ★

¡Espero que veamos salamandras,
sapos y ranas!

He oído que viven cerca del musgo que crece bajo las ramas.

OLYMPIC
PARQUE NACIONAL

¿Es verdad que este camino llega hasta el sol?

¿Cuándo va el géiser Viejo Fiel
a explotar?

Más o menos una hora
tendremos que esperar.

¡En las Grandes Montañas Humeantes
hay flores a mogollón!

Sigamos ESTE camino
y empecemos la ascensión.

GRANDES MONTAÑAS HUMEANTES
★ PARQUE NACIONAL ★

¡Me ENCANTAN las criaturas marinas de la costa de Acadia!

DEBEMOS *volver otro día e investigar todas las que haya.*

★ ACADIA ★
PARQUE NACIONAL

NUNCA he visto un alce de verdad.

¿Ves ese abeto?
Pues creo que hay uno detrás.

¿Dónde debemos ir para encontrar las MEJORES vistas del cañón?

Cruzar los estrechos con las botas de agua nuevas
es parte de la diversión.

★ ZION ★
PARQUE NACIONAL

Di «SUPERHÉROE» cuando cuente tres y nos saldrá fabuloso.

¿Dónde ha ido a parar toda la lava caliente?

Se fue por este tubo hacia el océano bajo el volcán durmiente.

VOLCANES DE HAWÁI
★ PARQUE NACIONAL ★

Aquella montaña nevada está tocando el cielo.

¡Denali se levanta más de seis mil metros sobre el suelo!

A veces no consigo encontrar la palabra adecuada.

Tal vez sea bueno quedarse en silencio,
a veces es mejor no decir nada.

YOSEMITE
PARQUE NACIONAL

¡Hay parques nacionales
por toda la nación!

¿Dónde iremos en nuestra próxima excursión?

¿LO SABÍAS?

GRAN CAÑÓN

Kaibab, la palabra con que los indios payute llaman al Gran Cañón, significa «montaña del revés».

OLYMPIC

Existen tres ecosistemas diferentes en el Parque Nacional Olympic: costero, bosque tropical templado y prado montañoso. Por eso hay gente que dice que es como visitar tres parques en uno.

LOS GLACIARES

En 1850 existían unos 150 glaciares en el Parque Nacional de los Glaciares. Hoy sólo quedan 25 en las inmediaciones del parque.

YELLOWSTONE

Yellowstone, creado en 1872 por el presidente Grant, fue el primer parque nacional.

GRANDES MONTAÑAS HUMEANTES

¡Este parque nunca duerme! Está abierto las 24 horas del día, los 365 días del año. Es también el parque nacional más visitado.

ACADIA

El Agujero del Trueno, una gran formación rocosa a lo largo de la costa, reproduce el ruido de un trueno cuando las olas chocan contra él.

MONTAÑAS ROCOSAS

La carretera Trail Ridge, a casi cuatro mil metros por encima del nivel del mar, es la carretera más alta de la nación.

ZION

En 2002, la antorcha olímpica atravesó el Parque Nacional de Zion de camino a la ceremonia de inauguración de los juegos en Salt Lake City.

SAGUARO

Hace más de mil años, el pueblo hohokam grababa petroglifos en las rocas (también conocidos como grabados rupestres).

VOLCANES DE HAWÁI

¡A veces nieva sobre la cima de la montaña volcánica Mauna Loa!

DENALI

El caribú, un animal muy parecido al reno, vive y pasea por Denali la mayor parte del año.

YOSEMITE

Yosemite tiene numerosas cascadas de agua, valles interminables, ¡y algunos de los árboles más altos y más antiguos del planeta!

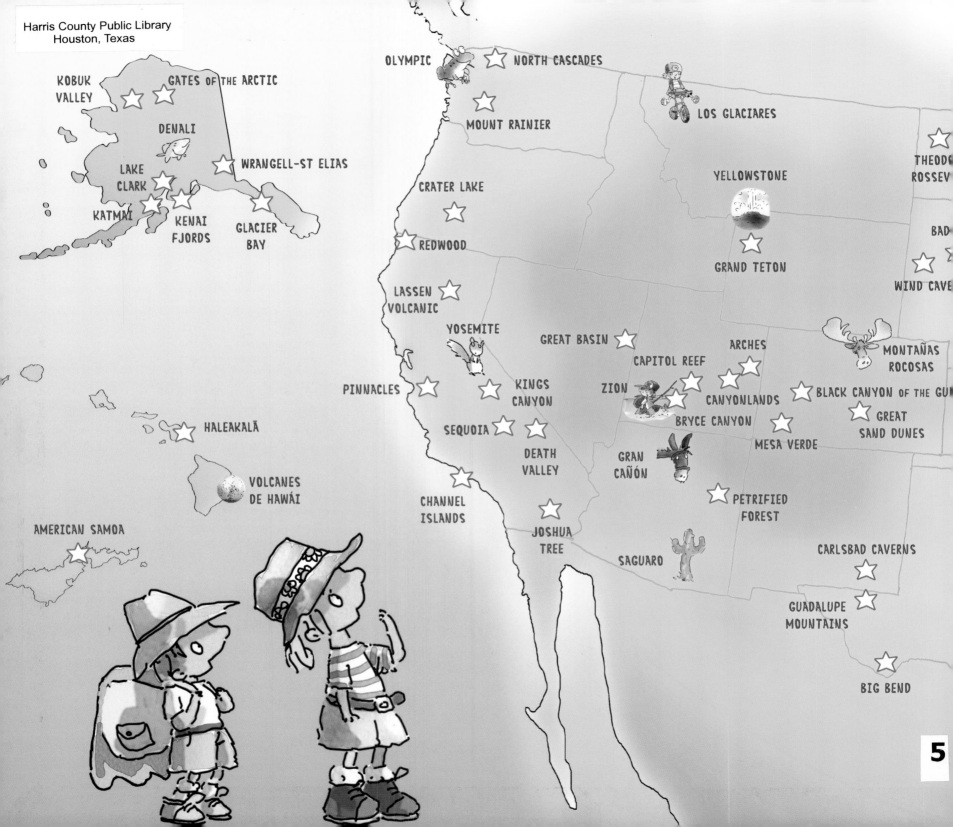

KOBUK VALLEY

GATES OF THE ARCTIC

DENALI

WRANGELL-ST ELIAS

LAKE CLARK

KATMAI

KENAI FJORDS

GLACIER BAY

OLYMPIC

NORTH CASCADES

LOS GLACIARES

MOUNT RAINIER

CRATER LAKE

YELLOWSTONE

THEODO ROSSEV

REDWOOD

GRAND TETON

BAD

LASSEN VOLCANIC

WIND CAVE

YOSEMITE

GREAT BASIN

ARCHES

MONTAÑAS ROCOSAS

CAPITOL REEF

ZION

CANYONLANDS

BLACK CANYON OF THE GU

PINNACLES

KINGS CANYON

BRYCE CANYON

GREAT SAND DUNES

SEQUOIA

MESA VERDE

HALEAKALĀ

DEATH VALLEY

GRAN CAÑÓN

PETRIFIED FOREST

VOLCANES DE HAWÁI

CHANNEL ISLANDS

JOSHUA TREE

SAGUARO

CARLSBAD CAVERNS

AMERICAN SAMOA

GUADALUPE MOUNTAINS

BIG BEND

5